La Ardi
Stedman

por **Jeffrey Roy Ford**

Ilustraciones de **Mike Motz**

mejor
mamá

“¡Báñate, Stedman!”, grita la mamá ardilla.

La ardilla Stedman baja corriendo del roble de su casa. “¡No quiero!”, grita.

El sol sale en el Bosque Freshy mientras Stedman retoza entre los arbustos de cerezos mojados y las hierbas altas. Se unta cerezas y pasto en su uniforme escolar azul marino y su cola marrón y tupida. Corre a través de los charcos fríos y se desliza en un campo de barro.

"¡Esto es muy divertido!", dice.

Stedman ve a su amigo, Mapache Rashán, masticando una dulce manzana roja. Los jugos de la deliciosa fruta gotean sobre su espeso pelaje gris y por todo su uniforme verde. Escucha a su mamá desde el interior del árbol de arce, cocinando panqueques.

"¡Báñate, Rasán!", dice.

"¡Está bien, mamá! Lo haré", responde Rashán.

Steadman se acerca a Rashán, cubierto de barro.

"¡Qué asco! Stedman, estás muy sucio. ¡Báñate!", le ordena Rashán.

"¡Ay! No quiero bañarme", dice Stedman.

"Bueno, mi mamá me dijo que me bañara, así que me bañaré. Hoy tenemos un día de fotos en la escuela", menciona Rashán.

Rashán se apresura a entrar a su casa para bañarse.

SOAP

Mientras Stedman espera a su amigo, busca algunas bellotas grandes y marrones para comer. Cava en el pasto verde húmedo y se salpica la cara de barro.

El Dr. Gato Montés Billy pasa caminando de camino al trabajo y se tira del pelo naranja de la cabeza con frustración.

“¡Stedman! ¿Por qué estás tan sucio? ¡Estás a punto de ir a la escuela!”, grita.

“¡Ay! No quiero bañarme. Me encanta jugar afuera. ¡Quiero jugar todo el tiempo!”.

“¡Tu madre se va a enfadar mucho!”

“¡No me importa! Quiero jugar todo el tiempo”.

Rashán sale corriendo de su casa y Stedman lo sigue hasta la escuela.

Poco después, llegan a la escuela primaria Arroyo Banana Nut.

La clase está afuera, en el césped verde recién cortado, cerca de las gradas de madera del campo de béisbol.

De repente, ven a Conejo Rema con un vestido de lana rosa, arreglándose las orejas largas y rosadas para las fotos.

Rashán y Stedman la saludan.

"¿Podemos sacarnos una foto contigo?", pregunta Rashán.

"¡Claro!", exclama Rema. Mientras los tres se acercan, Rema huele un olor desagradable.

"¡Qué asco! ¡Apestas, Stedman! No quiero sacarme una foto contigo", grita Rema.

Rema se aleja saltando.

Los ojos de Stedman se llenan de lágrimas mientras las lágrimas caen por su cara peluda, y se apresura a ir a su maestro, el Sr. Perro Dorian.

"¡Guau! ¡Guau! ¿Qué pasa, Stedman?"

"¡Rema dijo que huelo mal!"

"No fue amable de su parte decir eso".

"¡Realmente me gusta!"

El Sr. Perro Dorian mueve su cola blanca y negra. "Bueno, todavía tienes tiempo de correr a casa, bañarte y volver", dice.

Stedman tiene una gran sonrisa en su carita y se apresura a volver a casa. "¡Siempre escucharé a mi mamá y me bañaré todos los días!", grita.

El Fin

Sobre el Autor

Jeffrey Roy Ford es un amante de los animales y exmaestro sustituto. Ha dedicado su vida a marcar una diferencia al usar su amor por los animales para crear historias divertidas que enseñan a los niños lecciones de vida importantes.